Alexander Peer
Gin zu Ende, achtzehn Uhr. Gedichte

Ich wäre gerne die Nachsicht zwischen den Menschen, steht hier, und man möchte prompt antworten, das sei schon der Fall. Denn diese Gedichte sind nachsichtig und reif; hier ist sich ein Dichter seines Könnens voll bewusst und schöpft es aus in ganzer Schönheit und Kraft. Ein ungeheures Spektrum an Schauplätzen und Naturerscheinungen, philosophischen Theorien, Reflexionen zu Vergangenem, Gegenwärtigem und nie Geschehenem verleiht den Texten Tiefe und Komplexität, und doch dominieren immer wieder Humor und Leichtigkeit und eben: Nachsicht. Zweifel, Mehrdeutigkeit und freie Assoziation sind ausdrücklich erwünscht; was lange nachhallt: die Verbundenheit zwischen – womöglich fremden – Menschen und die zwischen Dichter und Dichtung.

Alexander Peer, *1971 in Salzburg. Er lebt seit 2004 als freier Autor und Journalist in Wien. Peer leitet gelegentlich Schreibwerkstätten und moderiert Veranstaltungen, ferner ist er als Rezensent tätig. Er schreibt Essays und Beiträge zu Literatur, Architektur und Philosophie, war u. a. writer-in-residence in mehreren europäischen Ländern und erhielt einige Preise. Zuletzt arbeitete er auf Einladung der Heinz-Stiftung in Hawthornden (2019). Seine Gedichte wurden ins Englische, Mazedonische, Slowenische, Lettische, Italienische sowie in Farsi übersetzt. Bei Limbus erschienen: *Schreibende Nomaden entdecken Europa* (2019), *Der Klang der stummen Verhältnisse* (2017), *Bis dass der Tod uns meidet* (2013) und *Land unter ihnen* (2011). www.peerfact.at

Alexander Peer

Gin zu Ende, achtzehn Uhr

Gedichte

Mit zahlreichen Fotografien des Autors

und einem Nachwort von Daniela Chana

Limbus Verlag

Gedruckt mit freundlicher Unterstützung von Stadt Wien

Bibliografische Information der Deutschen Nationalbibliothek: Die Deutsche Nationalbibliothek verzeichnet diese Publikation in der Deutschen Nationalbibliografie; detaillierte bibliografische Daten sind im Internet über http://dnb.dnb.de abrufbar.

Lektorat: Merle Rüdisser
Alle Fotografien: © Alexander Peer
Druck: Finidr, s.r.o.

ISBN 978-3-99039-213-3
www.limbusverlag.at

Für diejenige, die es weiß,
meine Familie und
meine Freunde.

Woraus Stofftiere gemacht sind

Umarmung des alten Teddy,
dessen Nähte noch vor dem Eintritt
in die Schule platzten.
Aus Kindheitsträumen sind
alle Stofftiere gemacht.

Mit vierzehn ahnte ich beim Lesen
den Hölderlin in mir.
Häutung ohne
atmende Erkenntnis,
erstickendes Feuer.

Fahnenträger für ein fernes Land,
in dem die Grenzen aufgehoben sind.
Im Ding an sich wie Teig aufgehen.
Ich sah den Läufer ohne Beine,
so schnell bewegte er sich,
dass er über die Landschaft
zu fliegen schien.

Das blühende Leben war in einem Augenblick
die tote Taube im Kanal.
Wie jeder Anblick des Todes den Betrachter erhöht.
Dann ist der Tod versteckt
eine Nacht lang für ihn Wache gestanden,
mit dem Bild der Taube
in den REM-Schlafzügen.

Entferne nur den Stachel einer Ideologie,
lass die Ideen zu, nicht die Programme,
und tanze auf diesem Vulkan
inmitten glühender Verwerfungen,
wisse um das Narrenhaus des Faktischen.

Allein

Beobachtet uns jemand?
Schaut uns jemand dabei zu,
wie wir laufen, reden, wie wir uns
die verruchten Bilder aus der Nase ziehen?

Wir leben vermutlich unbeobachtet,
weder ist die Sünde eine solche,
noch ist der Triumph mehr als das,
was wir in diesem Moment zu empfinden fähig sind.

Die Bühne, auf der wir engagiert sind,
verzichtet wohl aufs höhere Auditorium.
Wir spielen für uns.
Immer für einander.
Niemand jenseits von Polarstern
und Sprache
scheint uns für unsere
Charakterdarstellungen
angemessen zu entlohnen.

Wer für Gott lebt, lebt heute für Medien
oder Archive, Preise, Lobesreden.

Wer sich als Beobachter eines Vogelflugs versteht
oder im Sommer mit den Ringelblumen spricht,
sollte besser ein Rentenkapitalist sein
in einem Land ohne nennenswerte Inflation,
denn die Arbeitswelt wird bald wieder
ganz schön ungemütlich,
bestimmt.

In der Mulde hockt ein Gedicht

In der Mulde hockt ein Gedicht.
Vormittags sind sie noch scheu.
Am Nachmittag rennen sie wie wild
bergauf, bergab.

Gestern ist mir ein prächtiges entwischt.
Aber das macht nichts.
Andere kommen gern zu mir.

Einige trauen sich einfach nicht näher.
Soll ich mich vor dem Schreiben rasieren?

Roma (2017)

Esse ich Tiramisu,
ist mir Schrödingers Katze miau.

In der U-Bahn warten und wissen,
sie kommt oder sie kommt nicht.

Später blicke ich in den Brunnenschacht
eines Nero D'Avola und bin
erst nach zwei Tagen wieder
herauf geklettert.
Dennoch,
ich mag Rom
so viel mehr als Montage.

Mit wehenden Wimpeln
ziehen die Fußballfans
zum Olimpico.
Heut spielt's Carbonara.
Die Putti im Palazzo Doria Pamphilj
tanzen und japsen nach Luft.
Die Gesänge der Masse steigen höher
als der Rauch im Petersdom
und viel weißer sind sie obendrein.

Die Vulkane in den Ölgemälden
warten schon seit Jahrhunderten
auf ihren Ausbruch.

Francesco Tottis letztes Spiel.
Es gäbe keinen passenderen Titel für einen Krimi.
Auf der Piazza del Popolo ruft eine Signorina
meinen Namen.
Als ich sie lächelnd anblicke,
weiß ich, sie hat nicht
mich gemeint,
denn alle hier heißen
Alessandro!

Kultur, das aufgebauschte Feldlager

Verließ Venus je ihr Willendorf?
Wusste Hippokrates von seinem Eid?
Juckte Achill die eigene Ferse?
Was schleppte Pandora denn so mit
sich rum an Tagen ohne Büchse?

Namen gesetzt
in die kahle Landschaft,
wir bewehren uns
zwischen Lava, Dürre,
Wasser und Wind.

Man weiß nicht, was zuerst ist,
der Mythos oder die Geschichte?
Aus der Geschichte steigt empor der Mythos.
Aus dem Mythos entspringen
Geschehnisse, die sich zu Geschichten bündeln.

Namen haken ein,
dünne Fäden verknüpfen sie,
an manchen Stellen kleben sie
aneinander und machen so
Geschichte & Geschichten.

Beide baumeln im Denken durch die Jahrhunderte,
je nachdem, woher es weht.

Firmitas, Utilitas, Venustas

Wenn Architektur – wie Schelling meinte –
gefrorene Musik ist, ist dann
Lyrik verdampfte Raumplanung?
Malerei erhärtete Wasserkraft?
Theater verflüssigtes Sprechen?
Tanz? Harfenspiel?

Und schließlich das Diskuswerfen?
Ein Flug einer Scheibe,
in der sich *wer* spiegelt?

Geliebte

Ich zitterte Rilke und zitierte
den Flaum über deinem Ellbogen,
in den Körper hinein sprechen
wir unsere Vorträge.

Echos an Fingerkuppen,
Fußnoten an flüsternden Fersen,
kaum streichle ich die Buchstaben,
brennen deine Sohlen,
schon schreitest du über Leselisten hinweg,
wir streichen die Lektüre
aufs Brot der harten Jahre.

An deiner Wirbelsäule, dorisch,
ruht mein Bauch, und zwischen den Fingern
Chesterfield
mit Glory Matches entflammt.
Irgendwo stirbt immer
ein Dichter.

Die Zimmer sind ohne dich vermöbelt,
wenn ich meinen Schlaf in und
neben und mit dir suche.
Nach dem Zerbröseln aller Wörter
bleiben die Theorien zurück
wie käsebleiche Kinder, die
ohne Pausenbrot
das Haus verlassen müssen.

Vinophil

Das Abendrot ist der Rioja
im größten Glas,
dunkelt vor mich hin
und mich ein.

Dämmernd am Morgen ein Rosé,
schöpft das Licht des Taus
am ersten Frühling.

Die Oktobersonne streckt
mild sich in fruchtigem
Chardonnay.

Licht im Juli triumphiert
so gleißend
wie ein Federspiel.

Im Spätherbst trocknet
ein Sauvignon Blanc
den vom Atemholen
feuchten Gaumen.

Im Winter ziehen
wir uns den Cuvée über
und wissen,
wie es sich besser leben lässt.

Ausweispflicht

Der Tote konnte sich nicht ausweisen
stand in der Zeitung
und sagte viel darüber aus,
was am Menschsein heute als wichtig gilt;
nicht einmal der Tod scheint
Rettung davor zu sein.

Gerippe

Die Arbeitslotsen, die die Arbeitslosen bei der Hand
nehmen und mit in den Untergang führen.

Die Beschäftigungsbefähigten bedrängen
die verlorenen Träumer,
die sich schon längst kokonisiert haben,
im Wünschen verharren;
sie haben das Endstadium des Eskapismus erreicht.

Das bedingungslose Lieben ist genauso
schwer wie das bedingungslose Grundeinkommen,
weil Geld nie ohne Bedingung auftritt
und Liebe – als Unterwerfung verstanden –
seltsam selbstlos dampft.

Die Bedingung des bedingungslosen
Grundeinkommens ist das Schweigen
über die Verhältnisse: eine stille
konsumierende Mehrheit und eine
die Gesellschaft gestaltende Elite.

Die Entscheidungsträger müssten schon längst
zusammengebrochen sein angesichts
ihrer Lasten, doch ist es ihrem Gebot
möglichst empfindungslos zu sein
zu verdanken, dass es bloß ein Ziehen ist
an mancher Körperstelle.

Die Willfährigen verhindern den Zusammenbruch
dieses Torsos zumindest noch eine Zeit lang.

Fassungslos

Ich stolperte durch Parks,
durch Promenaden,
Hinterhöfe auch.
Suchend nach
der verlorenen Fassung.

Die Expedition brachte
wenig Neues,
schließlich hätte ich
in jener Bar
suchen müssen.
Bei etwas Glück
wären sie noch zu finden
gewesen,
die fünf leeren Gläser.
Gefüllt vor Kurzem noch
mit Gin & Tonic.

Die beiden machen mich
fassungslos in wenigen
Minuten.
Immer stiften sie mich
zum Erzählen an.

Und jetzt?
Die apokalyptischen Reiter
schwingen sich auf
frisch gesattelte Pferde.

Gin zu Ende, achtzehn Uhr.

Wiepersdorf (2017)
Wer Arnim sagt, muss auch Bettina sagen

Die Bäume verherbsten
im gelben Neopren
luftdicht.

Der Tonmeister, extra für die Festspiele
dieser Jahreszeit engagiert,
ist ganz versessen aufs Knirschen.

Die Pinselgröße wahnsinnig,
färbt die Landschaft errötend.

Das Abschiednehmen
übe beim Frühstück,
die Eier werden härter
von Tag zu Tag.

Die Agaven rufen laut
nach Wärme, der Oleander
zieht südwärts in die Orangerie,
die gewöhnliche Sonnenblume
bucht all-inclusive.

Dem Sommer werden
Abenteuer hinterhergeschickt,
neben Herrn Hauptvogel
marschieren tapfer
erste Krähen,
die Stipendiaten des Winters.

Die Wehmütigen sitzen Stunden noch
in ihren Ateliers,
blicken mutig in Abgründe
und basteln Paradiese.

Ästhetik

Die Blüte ist immer eine Kunst zur Verführung.

Die Art in die Zukunft zu tragen,
um jeden Preis.

Was die Natur
aus sich hervorbringt,
würde selbst einen Gott
faszinieren.

Wir lieben Paradoxa,
träumen vom unbewegten Beweger,
der angesichts seiner
Schöpfung erstaunt wäre.

Die Blüte ist immer eine Versuchung.

Wie riecht Ästhetik?
Dass Schönheit
dich zum Atmen nötigt,
offenbart ihre ganzheitlichen
Absichten.

Die Blüte ist immer ein Versprechen.

Kein Sinn verkümmert,
wenn die Natur tut,
was sie kann:
unerschöpflich sein.

Schafft Neugier die Umarmung
von Theisten
und Atheisten?

Aufflug (Ausflug)

Das Verdeck des Cabrios ist seine Mütze.
Nimm sie doch ab!,
ruft der Sonnenschein.

Den Fahrtwind kümmern nicht Frisuren.
Wie es ihm gefällt, aus D.
eine Utopistin glatter Haare zu machen.

Die Sonne hat sich was Keckes ausgemalt.
Wir werden rot vor lauter Scham
und brennen darauf.

Hinter der Windschutzscheibe
sitzt ein Späher,
die Landschaft
ist das geheime Papier,
das sich wellt und wellt,
die Botschaften von vielen,
die Kürbisse sind auf dem
Vormarsch.

Wenn wir eintauchen
– Spargel, Speck und
Champignons –
in das Essen dieser Erde,
sind wir der Humus,
auf dem Leben gedeiht.

Erste ontologische Wut

Als Kind schraubte ich eine Uhr auf,
um darin die Zeit zu finden.

Die kleinen Zahnräder standen still
und die glänzenden Metalle
waren kalt und hart.

Auch als mein Großvater die Uhr wieder
gewissenhaft zusammenschraubte,
wollte die Zeit nicht mehr zu uns zurückkehren.

Wohin war sie verschwunden?

Für einen Augenblick war es beruhigend zu hören,
dass das Ganze mehr sei als die Summe
der Teile.
Aber im nächsten Augenblick empörte ich mich –
Wie komme ich bloß darüber hinaus?
Über das Addieren der Teile?

Vorgehängte, hinterlüftete Fassade

Das Dämmmaterial nicht brennbar,
aus mutigen Gedanken
Widerstand sich bildet.

Außen ein hübsches Metall,
Titanzink – die pure Empathie,
glänzt besonders bei Erfolg,
nimmt auf, gibt ab.
Die Wärme kommt hinein,
aber nicht so ganz.
Die Kälte hält man fern,
aber nicht so ganz.

Die hohe Trocknungsreserve
der Anschauung
stellt kein Problem dar.
Der Hinterlüftungsspalt
im Kleinhirn
sorgt für frische Luft,
Bau- und Nutzungsfeuchte
werden abgeführt.
Der Schweiß zersetzt
verkrampfte Ideologien.
Die Toleranzen in der
Ausführung bringen
Individualität.

Wichtig ist die einwandfreie Montage
aus den reifen Ideen
Gleichheit, Geschwisterlichkeit und Freiheit.

Schließlich steht kein Gebäude für sich allein.

Handlich

Deine kleine Hand
in meiner scheinbar großen,
erst jetzt spüre ich,
wie schwach ich bin,
wie stark.

Deine kleine Hand
nimmt mich auf,
nimmt mich an,
nimmt mich mit,
wohin ich alleine
nicht gelangen kann.

Deine kleine Hand
lässt nicht los,
auch wenn der Wind
genau dafür kämpft.

Stärker noch hältst
du dich fest,
so fest, dass ich
deinen Puls
in meiner Hand
beben spüre.

Die Rechnung ohne den Buchhändler gemacht

Einige Zeit lang hatte er gedacht,
um wirklich nicht aufzufallen,
beherzige dies:
Schreibe Bücher!

Und es gelang ihm tatsächlich
über viele Jahre vorzüglich ...
bis das Schicksal zuschlug!

Zunge, zerschnitten

Man hat sie mir zerschnitten,
als man mir die Sprache gab.

Die verknöcherte, demutsvolle Sprache des Katholischen,
dieses selbststrafend Pathetische, das beständig
Vorwurfsvolle,
diese Sprache voller Benehmen und Maßnehmen,
diese Sprache ertränkt in Endzeitbildern,
diese Sprache hohl und blendend.

Die verhaltene, mich ausgrenzende Sprache der Wissenschaft,
die sich nicht und nicht erschöpfen kann in ihrem Anspruch,
die Welt zu erklären, und doch an meiner morschen Haustür
scheitert,
die beständig Modelle gebiert, als bliebe der Schlaf der
Vernunft
ein vergeblicher Wunsch, erst dann verschwänden alle
Ungeheuer.
Diese Sprache riesig und winzig.

Die verwegene, das *Ich* schöpfende Sprache der Poesie,
in der ein Knistern Lawinen gebiert.
Wo das geheime Ziel des Sprechens, in den Rausch zu führen,
hinter allen vernünftigen Zielen lauert,
Echo des Urschreis zu sein.

Das Bild von dir in mir und mir in dir
und *Lucy in the sky with diamonds*.
Diese Sprache entrückt und verrückt.

So red ich mit gespalt'ner Zunge
mein Leben lang.

Einmal ist es so weit (Memento mori I)

Die Sonne erlischt
wie eine Kerze,
deren Docht im
Wachs versinkt.
Der Mond gerinnt
zu weißem Blut.
Die Sterne tänzeln
einmal noch
den Glühwürmchen-Blues.

Mit einem Schnippen
letzter Finger
wird das Licht ausgemacht.

Erde schmilzt
Luft brennt
Wasser bricht
und
das Feuer atmet
sich aus.

Das Dunkle wächst
im All
und
im Nichts verliert
sich selbst
dein Lächeln.

Nein, nicht ganz … noch nicht.

Sinnsucher I

Psychologie

Wer bin ich?

Soziologie

Wer sind ich?

Theologie/Philosophie

Wer bin wir?

Priapos summa cum laude

Augustinus
Geist wächst nicht auf trockenem Boden,
sondern aus dicken Hoden.

Descartes
Ich ficke, also bin ich.

Kant
Dem Unmündigen rufe zu: Habe Mut,
dich deines Schwanzes zu bedienen.

Pascal
Das ganze Unglück der Welt besteht bloß,
weil der Mensch nicht in Ruhe in seinem Zimmer
masturbiert.

Hegel
Der Weltgeist steckt in allen Löchern.

Nietzsche
Gehst du zum Weibe, vergiss die Peitsche nicht.
Und die Lederstiefel.

Wittgenstein
1.1. Die Welt ist alles, was der Phallus ist.

Cliffs of Moher

Andauernd
die an den Steinwall klatschenden Wellen,
die einen Schlaf taktieren,
aus diesem führen.

Mein Name vom Festland gespült.
Begleitet vom synkopischen Klatschen,
von frisch gewaschenen,
im weißgrauen Frack
sich verneigenden Möwen.
Tschilpend und klocksend setzen sie sich
über dem tiefen G der Brandung ab,
lichteren Tönen zu, und verschwinden
in einem himmlischen Laut,
die Partitur ist immer unvollendet:
Aillte an Mhothair.

Der Möwenchor eins mit den Übermalungen
des Blaus in aufgelösten Wolkenbändchen,
der Zenit zerfällt in Farbspiralen,
denen mein Blick erst folgt, dann aber
dem Licht nicht mehr
standhalten kann und
stürzt und
stützt und
inmitten aller Blendung …

Ins Schwarzblau der See,
an deren emporragenden Spitzen
zierliche Schaumkragen prangen,
aufgesetzt die Krone
für flüchtige Regenten.

Vorgeführt auf Festen fliehender Falken
und Krähenscharben gegen den Horizont,
Vögel, die in einer fremden Sprache jubilieren,
und die Schaumkrägen
danken ab, danken hinab,
die Ausläufer der Zurufe sinken,
ehe man von Zeit sprechen will.

Man gibt es auf
gänzlich
von Dauer
zu sprechen

und dann
das
Sprechen
selbst.

Finnegans Fake

Mein Musenschätzchen,
du vaginales du,
aufgekratzte Sprache
mit meinem Stachel schreibend.

Stoße stumm in den Abgrund,
schlafe mit offenem Mund,
reibe die Haut der Semantik,
hol aus den Lettern magisches Mehr.

Tausche die Fahnen der Länder,
höre verrätselte Hymnen,
treibe es mit Furien,
sie wollen es nicht anders als wütend.

Verzettle Verzartung,
furz tumbes Weinsieb im Schädel,
bleibe der Sprache allmächtig,
schieße endlich Dada ins Knie!

Schieße endlich Dada ins Knie!

Wo endet das Leben, wenn es nie beginnt?

In Toshkent, der Stadt der Steine, habe
ich einen aufgehoben und in die Wiese
geworfen und mir deine Fußsohlen
vergegenwärtigt, die auf den Schotterwegen
gegangen waren, mit läppischen Sandalen.
Mit blutigen Füßen wurdest du erwachsen.

Von Samarkand kamst du, von einem vorgegebenen
Leben,
der Zwangshochzeit hast du dich durch Flucht entzogen,
der Vater hätte dich umbringen müssen, die Brüder
wollten es –
so verlangte es die Tradition.
Du bist gerannt, doch ihre Stimmen wussten dir zu folgen.

Keine zweiundzwanzig Jahre zähltest du, als der reiche
Russe dich in die Knie zwang,
das Studium half dir wenig, um zu deinem Recht zu
kommen.
Ich habe
ratlos nach Ratschlägen gekämmt.
Ich fühlte mich elend,
nicht helfen zu können.
Höre ich deinen Namen, blicke ich zu Boden.
Dabei bist du so glücklich,
mit jemandem reden zu können.

Gewesenes braut sich zusammen

Wenn die Erinnerung flaniert und Säulen sieht
ohne Heilige in Straßen ohne Stoppschild.

Das Gestern sich in den Schaufenstern zeigt.
Die Oma ihre ganze Backkunst
dem süßen Verführer in der Nebengasse vermacht hat.

Das Vorgestern aus dem Trottoir bricht
und die Archäologen der eigenen Biografie
Relikte freilegen, wo mit wem gegangen,
wer wo vorausgegangen.

Das Vorvorgestern hinter den Fassaden lauert,
weil es immer schon Mörder in der Familie gab,
jeder, der geboren, entdeckt
allmählich
Delikte.

Wenn die Erinnerung flaniert und Wände sieht
ohne Bemalung in Straßen ohne Belag.

Das Gestern sich auf den Kreuzungen gegenübersteht.
Der Opa wieder etwas nicht gesagt hat
und jeder einfache Mann es ihm gleichtut.

Das Vorgestern aus den Laternen strahlt
und die Zoologen der eigenen Animalität
den Trieben schmutzige Etiketten anheften
an jeder zweiten Parkbank.

Das Vorvorgestern auf Dächern hockt
und einbricht bis in die Keller,
durch alle Geschosse rasselt wie ein Schrapnell
aus alten Tagen.

Frauenpower

Es gab Frauen, die ließen mich nicht los,
weil ich sie nicht zu fassen bekam.

Es gab Frauen, die wussten mich zu necken,
bis ich wütend wurde und roh.

Es gab Frauen, deren Namen auszusprechen mich erregte,
und wenn sie schimpften, wurden meine Augen glasig.

Es gab Frauen, die mir nicht begegneten,
aber die ganz sicher da waren.

Es gab Frauen, die hoffte ich wiederzusehen,
bis mir die Hoffnung zum Hals heraushing.

Es gab Frauen in feuerroten Kleidern, in weißem Leinen,
in grünen Schals,
ein großes Vergnügen lag darin, sie farblos zu sehen.

Es gab Frauen, die konnten mich nicht riechen,
das hat mir ganz schön gestunken!

Es gab Frauen, die mir falsch kamen,
dann war ich richtig sauer.

Es gab Frauen, die nichts von mir wissen wollten,
aber berührt werden, das schon.

Es gab Frauen, zu denen mir nichts einfiel,
obwohl ich stundenlang auf ihrer Psyche lag.

Es gab Frauen, die mich vielleicht
nicht vergaßen, aber so taten als ob.

Es gab Frauen, denen ich nachlief,
ich wünschte, es wäre bei hundert Metern geblieben.

In allen Lagen

In allen Lagen
denken können,
schlafen.

Dem Meer, dem Salz
gehören,
und dem Sand,
dem ewigen Geriesel.

Das in die Weh wachsen
üben
täglich
und auch in die Welt
– so richtig heiter –
selbst wenn sie einen
oft wirklich nicht mag.

Der Elfenbeinwurm

Es frisst sich durch die Seiten
der Zellulosetiger,
macht kein Hehl
aus Konsonantenschmaus.

Ob Diphthong oder Komma,
Hauptsache die Orthographie
ist appetitlich,
dann stimmt sie schon.

Die Vokale klingen auch mal anders,
wenn er schmatzt und
herzhaft kaut.

Dabei sind der Jürgen Habermas
und die Rosamunde Pilcher
ihm einerlei.

Vielmehr ist sein Intellekt
durch Munken matt gestrichen
stimuliert.

Glänzend ist nicht nur
manches weiße Mahl,
sondern auch sein Urteil,
wenn er den Buchrücken
durchbeißt.

Dreamland

Der Schatten am Morgen,
den du zurücklässt
in der dunklen Wärme,
der sich verkriecht,
geduldig ist.

So sicher darf er sein,
dass er nicht lange allein bleibt.
Selbst wenn Stunden durch
das Zimmer schlurfen,
das Bett umstellen,
sich im ganzen Raum
nichts mehr rührt.

Die dunkelrote Stunde des Sommers
pulsiert, und wenn die
Sonne mit orangem Nicken
wieder einmal geht,
dann knistert es unter der Decke.

Kaum dass du deinen Pyjama
angezogen hast,
breitet er schon seine Arme aus,
voller Freude dich zu empfangen.

Refugium Schwalbenwand

Rufendes Grün vom Horizont
besprenkelt den verwölkten Himmel,
bernsteinerne Tränen
rinnen über die moosbewachsenen
Wangen der Berge.

Mich ruft hier nur das Tal,
jedoch
vergebens.

Die Äpfel warten auf ihre letzte Stunde
und der Topfen auf das Brot.
Ein Fuchs kommt ab vom Wanderweg.
Ringelblumen demonstrieren dafür,
zur Salbe zu werden.

Brennnesseln im abgestandenen Tee
auf dem morschen Tisch vor der
von Flechten gekaperten Hütte,
in der ich schreibe,
ohne zu schlucken.

Denn der Bussard fliegt
so schön.

Der alte Mann vor dem Meer (Memento mori II)

Ich habe gelebt, Versuche getan.
Berge bestiegen, Täler durchdrungen,
in Augen geschaut, die meinen verdeckt.

Ich habe gelitten, den Kopf empor gereckt,
Stolz meine Nackenstütze, sonst wär ich verreckt.
Wunden verbunden, die Schläge gezählt,
das Schicksal haut kräftig.
Auf Narben verwiesen, die meinen bedeckt.

Ich habe geliebt, Verbote umgangen.
Mit Händen gehalten, mich geborgen gefühlt.
Worte gesprochen, die meinen entdeckt.

Ich habe gearbeitet, den Körper gespürt.
Organe missachtet, mein Gehirn oft verwirrt.
Ausbeutung verachtet, Rache beschworen.

Ich habe mich geängstigt, Gefühle versteckt.
Die Größe des Lebens, das Ungefähre, und
sowieso alles nur Spiel, doch auch Wunder gehört.

Ich stehe vor dem Meer, in dem jeder ertrinkt,
dessen Grund mich friert, er dunkelt herauf.
Ich werde es vermissen, nie mehr ratlos zu sein.
Der Seegang so schwer.

Meinen Charakter nehme ich mit,
ich kentere mit ihm vertrauensvoll,
ohne zu wissen,
ob ich ihn noch gebrauchen kann.

Sinnsucher II

Angeödet von hehren Argumenten
trinkst du *ein Bier*.
Vielleicht ist es gar nichts Besonderes,
das einem Menschen aufgetragen ist zu tun.
Und schon ein zweites Velko.

Vielleicht kommt einer nur deshalb auf die Welt,
um einmal über die Straße zu gehen
oder um ein Päckchen Zigaretten zu kaufen.
Auch das kann eine Aufgabe sein.

„Ich bin berufen, die Straße zu queren",
ruft ein Zehnjähriger angesichts dieser Erkenntnis.
Darauf arbeitet er hin.
Einmal geht er über die Straße,
ein andermal kauft er ein Päckchen Zigaretten.
Dann verbindet er beides.

Danach? Zugabe. Draufgabe. Auslaufzeit.
Was auch immer.
Jedenfalls mag all das dann nichts mehr
mit dem Sinn des Lebens zu tun haben ...

Noch ein Krügerl bitte, rufst du dem Kellner zu.
Und zur Sperrstunde sagst du,
Hm.

Doppelte Doppel-Klimax

Gescheit
Gescheiter
Gescheitert

Gescheitert
Gescheiter
Gescheit

Unbenannt

Stets öffnet sich ein neues Blatt
in diesem Universum der unbeschriebenen Blätter,
die der moderne einfache PC nun mal bereithält.
Es heißt *Unbenannt 1*.
Besser könnte das Unbewusste nicht bezeichnet werden,
das aus jedem unbeschriebenen Blatt spricht.
Aber wenn es beschrieben ist, das Blatt,
erzählt es dann nicht auch
– verdeckt und offen zugleich –
vom Unbewussten?

Unbenannt ist die Stelle im Schreiben, die auch
für den Schreibenden verhüllt bleibt.
So sehr sich der Schreibende müht,
die eigene Existenz zu lüften,
sie sich einsehbar zu machen,
so sehr verhüllt sie sich wieder.
Es ist ein rasanter Lauf, den das Denken
mit dem Ich riskiert.
Wie Hase und Igel verhalten sie sich zueinander.
Immer wenn das eine das andere einzuholen gedenkt,
ist das andere bereits fort.
Nur noch die Ahnung
seiner Anwesenheit scheint hinterlassen.
Munter wirft sich das Denken wieder in die Spur.

Der Krimmler Wasserfall

Ich bin der Krimmler Wasserfall und stürze in die Tiefe,
dass ich das tue, ist, so scheint's, Besonderes,
denn Tag um Tag, Stunde um Stunde,
Augenblick für Augenblick
kommen Menschen, mich zu schauen.

Mich kümmert dies in keiner Weise,
denn stürze ich hinab gar unvermindert,
mich kränkt auch nie
ein Stein, ein Blatt, ein Ast,
die reiße ich nur mit,
als ob die Sintflut hinter mir her wäre.

Ich bin so imposant, wie ich mich fühle,
erdrückend, wenn ein Mensch sich in mich mengt,
doch meistens spür ich nichts,
dann bin ich nur wesenloses Sein
und bloß des Berges Sklave,
oben bin ich Lehrbub, in der Mitte schon Gesell'
und unten darf ruhig man Meister mich nennen.
Und doch, ich lebe eng,
der Weg, der mir geschaffen ward,
ist seit tausend Jahren mir vertraut,
ich gähne vor Tristesse.

Ich möchte gern einmal das Kitzsteinhorn hinabstürzen,
so bescheiden ist mein Wunsch nach Abwechslung,
aber nein, hier ist mein Platz, mein Schicksal eingebettet.
In unverschämten Träumen falle ich sogar
von den größten Gebäuden der Welt,
um in der Konkurrenz sie zu verspotten.

Kämen die Leute nach Paris, um den Eiffelturm zu sehen?
Nein, sie wären meinetwegen da,
und ich brauchte gar nichts anderes zu tun,
als das, was ich schon ewig tue:
unbeirrt von allen Blicken, Fingerzeigen
und den surrenden Maschinen
den Talweg einzuschlagen.

Der Einfall

Ich begrüße den Einfall am Morgen,
beglückwünsche mich, dass er
sich an mich wendet,
das begeisterte Reden verbraucht schon
einiges unserer Liebe.

Den Vormittag über necken
wir uns gegenseitig.
Beim Mittagessen später fangen
meine Augen schon zu tränen an.

Der Nachmittag und die Schwere des Verdauens
bringen eine gewisse Entfernung zwischen uns.
Der Einfall verliert an Charme, ich an Gesprächigkeit,
gegen Abend hin verabschiedet er sich.
In der Nacht frage ich mich,
war er je mein Gast?

Am nächsten Tag wache ich auf
und mache große Augen, weil ich mich wieder
in ausgesprochen guter Gesellschaft finde.

Mozart heilt alle Wunden

Mozart heilt alle Wunden.
Beethoven schlägt sie wieder.
Damit alles im Gleichgewicht bleibt.
Ich stehe am Fenster,
die Nacht blickt in mich.

Irgendwo in der Dunkelheit
liegt mein Erzeuger halbseitig gelähmt,
mäandernd zwischen klarer
Artikulation und Delirium.

Der Schlaganfall ist nicht nur
ein medizinisches Ereignis.

Was verpasst wurde,
tritt erneut hervor.
Die richtigen Worte finden,
wo es vermutlich zu viele falsche gibt?

Die Entropie erklingt
mit den Strophen.

Die Schnupftabakdose

Es reicht eine Schnupftabakdose,
die am Fenstersims vergessen wurde,
damit das Märchen nicht endet.

Damit die Vergangenheit etwas
herüberreichen kann
zu uns, hinein in unsern
Korb Gegenwart.
Was wir da alles tragen!
Manchmal sind wir uns selbst zu viel,
um die Früchte herauszunehmen.

Die Schnupftabakdose ist
wie eine Brieftaube,
die Botschaft von Großeltern
und ihren breiten Schuhen,
von Kutschen und Fahrten,
von Kamin und feuchtem Flur,
vom Schreiben an der Tafel,
von Suppenterrinen und
von obersschweren Saucen.

Ach.
Ruft es.
Ach.

Das Staunen

Einen ersten Schritt machen können,
ohne viel Aufhebens,
ohne viel Weglegens.

Einen ersten Schritt machen können,
ohne vorauseilende Geste,
ohne hinterhereilende Kritik.

Einen ersten Schritt machen können,
ohne zum Kind zu erstarren,
ohne zum Erwachsenen abzuklären.

Einen ersten Schritt machen können,
ohne das Schuhwerk zu verteufeln,
ohne barfuß zu gehen.

Einen ersten Schritt machen können,
ohne Kompass,
ohne Sprung ins Literaturlabyrinth,
ins Buchstäblichste aller Dickichte.

Aufgedeckt ungedeckt

Ein Satz nach dem anderen
versteckt sich im Text,
verschwindet,

bis dass der Tod uns meidet
dann bricht ein Satz aus
zu einem Lesenden.

Alles Schreiben ist Weitersagen
hinter vorgehaltener Hand.
Schlürfen einer Buchstabensuppe.

Bedeutungen aus den Hülsen schälen,
es raschelt am Boden,
sprachlos im wahren Reden.
Aus dem Laub
ein Knirschen,
das dich ins Lächeln treibt.

Zum Kind, das in dir mitgeht.
Die gelb-rote Färbung der Baumkronen
sagt dir nichts mehr.
Code für eine Welt,
die dir abhandenkam.

Aber eines bleibt,
in allem hallt immer
noch das satte Brüllen
der Säbelzahntiger,
das Vibrieren der Amöben.

Waidmanns Los

Das Drängen der Zeit
spüre ich als Puls,
dem Sekundentakt vorauseilend.

Weiß ich, wonach ich jage?
Eingerichtet habe ich mich
mit Kompass, Flinte und Horn sowie
Papier, Feder und Korn.
Worauf kann ich abzielen,
ich ontologisch
halbe Portion?

Spähe in eine Welt
der Täuschung und Enttäuschung,
frage mich, ob dies alles ist,
worauf Tauschen aus ist.

Ich habe ein Visier,
aber meine Kraft schafft
zu leichte Munition,
um Visionen durchschlagend zu machen.

Vom höchsten Aussichtspunkt,
dem Jägerstand
formvollendeter Reflexion,
erkenne ich das Land um mich
und kann es doch nicht begreifen.

Hawthornden (2019)

endless silence
over the skull
of contemporary culture

inside the caves of poetry
ideology shivers and gathers
its relics

the rotten yesterday
is willing to enter
its wasteland

there runs a deer
of metaphorical freedom
that is real for real

there flies a buzzard
of increasing range
that is unmeasured

there stares a sheep
of endless wool
that is comforting

and within the lines
of a foreign language
there is this meaning
of HOME
preserved
in capital letters

in every corner of the castle
in each inch of the rising poem
in every page that is yours

Abdankungen

Erst schoss er sich öffentlich ins Knie,
dann privat in den Kopf.

Sie war hartnäckig und blieb es
bis zum Genickbruch.

Seid doch endlich vernünftig,
rief man den Künstlern zu,
schon brachten sie sich um.

Wir fielen aus allen Wolken,
unsere Sicht war klar wie selten,
endlich ließen wir uns
nicht mehr entmündigen.

Der Traum des Kleinbürgers

Ich bevorzuge die stumpfe Seite
der Schere des Einkommens,
dort, wo am ehesten
kein Blut tropft
beim Reinschneiden,
dort, wo die Arterien intakt bleiben
beim tumben Stechen,
dort, wo die Organe ihren Dienst brav leisten
beim Kotzen,
dort, wo es nicht kotzen heißt,
sondern
übergeben.

Und zwar
in bar.

Die Kartoffeln aus Pfösing
(für D.)

Wenn du Hand an dich legst,
erdrückst du viele mit dir.
Die Traurigkeit darüber
scheint noch ein paar Gramm
schwerer zu wiegen, und
damit die Einsicht,
nie vollkommen allein zu sein.

Aber auch du selbst hast diesen anderen in dir,
der springt und lacht, Albernheiten macht.
Wenn du ihn bloß ein wenig führst
durch surreale Gärten, wo
die Tulpenblüten braun sein dürfen,
die Blätter aber rosa.
Die Trauerweide senkt und hebt dich auch.
Weil das Empfinden dich mit dem Leben verbindet.
In der tiefen Traurigkeit spürst du
den samtig-schroffen Grund des Seins,
wirst leicht und schwer zugleich.

Du legst dich auf das Sofa, dein Blick wandert
über Buchrücken und stolpert gerne vor sich hin.
Deine Augen schmal, dein Mund breit,
und sanftes Lächeln begleitet dich;
das Bewehren mit Bishop,
das Pokern mit Plath,
das Sezieren mit Sexton.

Wie viel Zartheit steckt in wilden Worten?
Erstaunt und erschreckt dich noch
die Fütterung im Wörterzoo?
All die Abschiede,
die du mit Literatur begleitet hast.

Das Daunenkissen drückst du
und das Lachen drückt dich,
es faltet dein Gesicht
auf-zu, auf-zu, auf-zu.
Mit dem Kochlöffel in der Hand dirigierst du:
Maestra & Maestro!

Weil in der Vorratskammer immer ein
paar Kartoffeln aus Pfösing auf dich warten.

Vermenschlichen

Das Kind auf dem Scooter,
hetzend dahinter der Vater,
der auf die Kreuzung späht.

Hetzend dem hetzenden Vater
hinterher, hole beide ein,
erleichtert, quere mit ihnen die Straße,
als wäre ich ein Elternteil in Sorge.

Das Paar im Dämmerlicht,
jung genug, um den ganzen
Abend einander die Hand zu halten.

Hänge mich ein bei ihnen,
wer so sehr das Berühren liebt,
hält auch mich fest bis in die Nacht.

Ein Herr, den Gehstock schwingend voller
    Drohgebärden,
ich bastle eine Tüte mit Schimpfworten und halte sie
    ihm hin.
Er greift eins nach dem andern heraus,
wird ruhiger erst, dann sanft
nach dem zehnten Arschbonbon.

Ein Greis joggt jugendlich,
bis ein anderer, ein Jugendlicher,
an ihm vorbeispaziert.
Da schnauft der alte Mann.
Ich blase ihm
ein wenig Lebensatem in den Nacken.
Schon richten sich die Härchen wieder auf.

Ein Mann zieht begehrliche Blicke auf sich,
weiß nicht, ob er sie erwidern oder verwerfen soll.
Eine Frau, die keine begehrlichen Blicke um sich
werfen will, aber das Begehren soll einen Empfänger finden,
in dieser Nacht.
Ich bin der exakte Moment, in welchem ihre Blicke
einander begegnen ohne Schaden zu nehmen.
Bald schon verlassen sie das Tanzlokal.
Ich drehe eine Pirouette.

Ich wäre gerne die Nachsicht zwischen den Menschen.

Das Niemandsland ist überlaufen

Jahrtausende verpasste die Kultur
bis zu den Menschenrechten.

Wie viel Kraft haben wir in den Sand gesetzt?

Jahrtausende vergeudete die Kultur
bis zu den Menschenrechten.

Wem diene ich, und weshalb?
Fragen auftürmen, die nicht
umgangen werden können.

Aber der Mensch
streckt sich meist nur aus
in seinem Leben.

Schummle dich durch,
so gut du kannst.

Bevor dann (Memento mori III)

Bevor der Tod kommt,
lass uns einmal noch ins Bett gehen
und Kinder zeugen, Essen zubereiten,
tanzen gehen, Filme sehen
und uns so streiten, dass wir
uns verstehen.

Bevor der Tod kommt, möchte ich ein
paar Zeilen schreiben.
Wirst du vergeblich
in ihnen nach mir suchen,
wenn ich nicht mehr sein werde?

Oder aber bin
ich dann ganz anders da?

Sinnsucher III

Dich plagt viel zu oft
die gleiche Frage,
ob Sinn darin,
in diesem, unserm Tun.

Dein Fragealter
endet mit dem Tod.

Auch wenn ein äußerer Sinn
dir letztlich bleibt verborgen,
die Frage selbst,
sie prüft dein Tun,
und wenn du aufhörst,
dich mit dieser
Prüfung abzumühen,
verlierst du viel von dem,
was an guten Wünschen
sich in deine Jahre mengt.

Schlafwach im Innergebirg

Das Land liegt satt in mir,
die Wiese unbekümmert wächst;
es ging nie darum,
etwas zu mähen.

Das Reh kann sich nicht
entscheiden, in welche
Richtung es flieht, und
steht eingefroren
in den Margeriten.
Ich bin frühlings immer so
ein Löwenzahntiger.

Viel Platz dazwischen
haben die Fichten
gelassen.
Der Unfall damals mit R.,
der Abschied von T.,
die Krankheit des F.

Tränendes Herz –
nur kurz blühst du.

Geschichte ist ein anderer.
Eingeschrieben in den
Mohn ist der Schlaf,
der mich bewacht.
Über und über
blühende Versprechen,
die erst durch meinen
Blick wahr werden.

Angesichts des Angesichts

Der Dornenstrauch greift ins Fenster,
ritzt die Gemütlichkeit.

turn up the volume

Auf der Stirn ein Stakkato aus Furchen.
An den Schläfen üben Trommler.
Pupillen erstarren zu schwarzen Löchern.

turn up the volume

Die Nase hoch, so bricht sie,
die Mode zähmt.
An den Lippen zornige Lettern.

turn up the volume

In den Ohren säuseln Versäumnisse
und der Bart sucht vergebens
einen Propheten.

Ordnungsruf

Ein Gedanke
wurde streunend aufgegriffen
von den örtlichen Behörden.

In Gewahrsam genommen
vom Ministerium
für Sicherheit.

Abgeklopft von einem kräftigen Inspektor,
abgehört von einem schläfrigen Wachposten,
abgeschmeckt von einem mit rauer Schale.

Und dann
abgeurteilt
für das Vergessen.

Aber du hast ihn mir
in diesem Verlies,
in dem wir stecken,
zugeflüstert.

32
Mollardgasse

Parasitär

Ein Virus bietet eine umso größere
Projektionsfläche, je kleiner es ist.

Es ist vollkommen vom Wunsch
nach Symbiose beseelt.
Und sie gelingt.

Ein Gast,
der Gastfreundschaft
missbraucht.
Die Kosten
werden rasch
in Rechnung gestellt.

Wenn der Wirt für immer schließt
oder der Rauswerfer ruft:
Ich habe fertig!

Blumenbett

Die roten Rosen sind in der Luft begraben,
die Leichen über den Äckern gut verteilt,
sie blühen immer wieder neu.

Die Tulpenzwiebel treibt Holländern
den Schweiß auf die Stirn,
die sabbernden Lefzen der Händler
ziehen ihre Spuren durch die Geschichte.

Die Nelken passten schlecht ins Knopfloch
der Working Poor im digitalen Rausch
der neuen Zeit.
Cyber-Prekariat
allzeit bereit.

Pseudoblume Fusarium xyrophilum*,
du lockst erfolgreich
– Bienchen summ herum –
die Clickworker der Evolution.

Die Disteln konnten nicht mehr die Leber reinigen,
selbst diese Bitterkeit war ihnen vergällt.
Den Orchideen bot man keine Winterquartiere mehr.
Den Butterblumen fehlte es an Brot.
Wie immer.
Pollenwarnung:
Die Ich-AG schüttet
keine Dividenden aus.

* Der Pilz Fusarium xyrophilum infiziert eine Xyris-Pflanze und sterilisiert sie, um die Blüte der Pflanze zu blockieren. Dann kapert F. xyrophilum die Pflanze, um Pseudoblüten zu produzieren, die vollständig aus Pilzgewebe bestehen. So bringt er möglicherweise Bestäuber dazu, seine Sporen zu verbreiten statt der Blütenpollen.

Stunden in Nida

Das Geheimnis ist mit mir,
wenn ich den Tag aufschlage,
das Bett meiner eigenen
Verdunkelung verlasse.
Aufstehen wie nie –
die Sonne abwesend in dieser
Julinacht, über mir der finnische Meerbusen.
Ich ritze deine Initialen
in die lederne Platane.
Schon spricht der Baum
zu denen, die nach uns kommen.
Deine Stimme kommt mir nach,
ich weiß nicht woher,
über die Wege zu
Häusern aus Holz.

Kein Leben kann so klein sein,
dass das Gedächtnis nicht wiegt
und Kraft in den Händen verlangt
und sie in diese legt.
Eine alte Frau mit einem Sack Äpfel
bleibt stehen,
atmet tief.

Sie kommen schwirrend,
irisierende Insekten.
Sie kommen gern im Schwarm,
keinen Satz kann ich den Charmeuren entnehmen.

Sie surren,
biologische Maschinen,
ich renne den Dünen zu,
Kaliningrad im Anschlag,
sie folgen mir,
Geheimagenten
mit tausenden Augen.

Fliegen in deinem Mund zappelnd,
deine Mücken, die mich nie piksten.
In der Erinnerung aber schwillt die Haut
und das Brennen legt sich über die Woche.

Der botanische Garten der Wahrnehmung
führt dich selbstverständlich,
ich habe aufgehört, dich zu finden, und
immer wieder bist du wahrhaft da.

Dein warmer Körper umhüllt mit mir das ganze Land.
Die Wörter, die ich dich sprechen hören wollte,
sind bunte Luftballons,
rasch steigen sie empor.

Wer wird sie sich vom Himmel holen?
Die Zukunft!

Sie ist richtig heiß darauf.

Dein Gesicht für immer bei mir (für O.)

Dein Gesicht scheint nach
in meine Zukunft ohne dich.

Dein Gesicht lacht auf,
es heitert in meinen Abend,
der sich dunkel oft gibt.

Dein Gesicht in mir
schaut so verschieden mich an.

Dein Gesicht so hell
überstrahlt das Altern
meiner Gedanken.

Dein Gesicht drückt mich,
es schmerzt wie Wunder an den Wangen,
ein Rot, das mich durchtränkt,
am Leben überleben lässt.

Dein Gesicht so fahl,
es schreit die Trauer anders aus dir,
dein Hass ein Verstummen der Pupillen,
deine Verzweiflung eine Falte in mir.

Dein Gesicht späht mir
in vielen Gebärden nach.
Ich nehme deine Gesichter
mit in andere Geschichten.

Dein Gesicht nun fern,
schaut so verschieden mir nach.

Du mir Vorfahrender,
der mir einst das Ticket zusteckte.

Wiederkehr

Diese Erleichterung, zu wissen,
dass Gedanken sich erneuern
fast wie das Land
im Jahresrhythmus.

Wieder und wieder,
ohne Hast, ohne Erregung,
und doch verlässlich.

Verbrauchte Ideen
wachsen nach, manchmal erst dadurch,
dass sie klug gestutzt wurden
zur passenden Zeit.

Der Eifer, der für
rasches Verbrennen sorgt,
verliert sich mit den Jahren.
Es schwebt Erinnern
neben neuer Erfahrung,
das eine muss weder
das andere verblasen
noch anzweifeln
aus purem Prinzip.

Still nährt sich
kleines Wunder.

Zen

Trinke den Ozean
mit einem Schluck
atme den Amazonas
durch ein Nasenloch
schau auf die Milchstraße
und erspähe alle Trabanten
höre die Obertöne im Chor
der Amöben

und dann hebe
ein Sandkorn

wenn du das kannst

Gelenke Lettern (Abschlussübung für den Geist, dessen Sehnen mürbe sind)

Ich schaue mir so oft die Buchstaben an,
ihre Eleganz,
ihre Elastizität,
ihre Expression,
diese Harmonie des O,
ein mit sich Einssein,
die Gymnastik eines A oder T
... es sind grazile Körper,
so viel besser in Form
als ich,
als wir,

as the survival of the fittest
of us.

Daniela Chana
Über Getränke und Gedichte

Wenn es achtzehn Uhr und der Gin zu Ende ist, könnte dies etwas wenig Erfreuliches bedeuten – es kann aber auch zutiefst verheißungsvoll sein, wenn es sich um den Titel eines neuen Gedichtbands von Alexander Peer handelt.

Der Schriftzug auf dem Cover regt im ersten Moment zum Schmunzeln an, erweist sich bei näherem Hinsehen aber als überaus präzise gewählt. Das Getränk charakterisiert treffend den Sprecher, der uns in Peers Gedichten begegnet, nämlich den humanistisch gebildeten Genießer, der beim gepflegten Aperitif in seiner Bibliothek über das Leben, die Literatur und Kultur nachdenkt. Man kann sich vorstellen, wie er beim Argumentieren gestikuliert und dabei die Eiswürfel in seinem Glas zum Klirren bringt. Er ist keine Lifestyle-Kolumnistin, die mit einem Cosmopolitan an der Bar lehnt, kein Teenager mit modischem Mix-Getränk, kein schimpfender Fußballfan mit Bierdose.

Dieser Gin-Trinker ist nicht impulsiv; er hat tiefe Gefühle, ohne sich in Sentimentalität zu verlieren. Selbst während er sich im Bett sanft an den Rücken der Frau schmiegt, fällt dem Sprecher in *Geliebte* noch ein: „Irgendwo stirbt immer / ein Dichter." Dieses Spannungsverhältnis zwischen Natur und Kultur war bereits das Grundthema in Peers Roman *Bis dass der Tod uns meidet* (2013). Auch hier ist der Protagonist, der Deutschlehrer Franz, zerrissen zwischen Körper und Geist, kann sich nicht entscheiden zwischen den Gefühlen für seine schwierige Geliebte und der Bewunderung für den latent misogynen Friedrich Nietzsche, mit dem er im Geiste erhitzte Debatten führt. Als die Liebesbeziehung zunehmend kompliziert und frustrierend wird, versteigt sich Franz in immer abgehobenere intellektuelle Überlegungen und droht, dem Wahnsinn zu verfallen. Resignierend stellt er fest, dass nach so viel Analyse nichts mehr genossen werden kann: „Vor der Beziehungsarbeit fand die Vorbeziehungsaufarbeitung statt." (*Bis dass der Tod uns meidet*, S. 79)

Dieses Lebensthema des Autors begegnet uns neu variiert in *Gin zu Ende, achtzehn Uhr*. Wir begleiten den philosophisch gebildeten Menschen, der sinnliche Erfahrungen sucht und diese doch stets intellektuell einordnen muss. Wohltuend ist dabei die Erkenntnis, dass die Bildung nicht ausschließlich eine Fallenstellerin ist, sondern ebenso eine tröstende Präsenz sein kann, denn „wir streichen die Lektüre / aufs Brot der harten Jahre". (*Geliebte*) Wenig später hält das Gedicht *Vinophil* folgende ironische Variation parat: „Im Winter ziehen / wir uns den Cuvée über [...]" Literatur und Wein sind es also, die hier Nahrung und Wärme bieten und sich deshalb nicht als unnötiger Luxus abtun lassen.

Trotz des intellektuellen Überbaus sind Peers Gedichte jedoch nicht abgehoben oder gar weltfremd, sondern registrieren auch sozialpolitische Missstände der Gegenwart. In *Allein* etwa wendet er sich einfühlsam denjenigen zu, deren Naturell nur schwer mit den Anforderungen einer konkurrenzgetriebenen Leistungsgesellschaft vereinbar ist, weil es ihrer Neigung entspricht, Vögel zu beobachten und mit Blumen zu sprechen – wie es wohl auf viele DichterInnen zutrifft –, und es wird traurig konstatiert: „[D]ie Arbeitswelt wird bald wieder / ganz schön ungemütlich, / bestimmt." Konsequent wird der Gedanke später in *Abdankungen* weitergetrieben, wenn es heißt: „Seid doch endlich vernünftig, / rief man den Künstlern zu, / schon brachten sie sich um." Dieser genaue Beobachter des Zeitgeschehens hat erkannt, dass „Geld nie ohne Bedingung auftritt" (*Gerippe*), und bleibt daher ebenso misstrauisch gegenüber den Heilsversprechen des Kapitalismus wie jenen des Wohlfahrtsstaats.

Doch obwohl – oder vielleicht gerade *weil* – vieles aussichtslos ist, besteht die wohl klügste Überlebensstrategie in der Hinwendung zum Sinnengenuss. Denn was könnte das Dasein lebenswerter machen als die Sinnlichkeit, das Fühlen, Riechen, Schmecken, Sehen und Hören? Der *bon vivant* in diesen Texten genießt den Wein in all seinen Farbschattierungen (*Vinophil*), macht einen *Aufflug (Ausflug)* mit dem Cabrio, reist durch die Welt und dabei immer auch durch die Kulturgeschichte. Einige Gedichte in diesem Band hat der Autor den Orten seiner Stipendienaufenthalte gewidmet, wie etwa *Wiepersdorf (2017)* oder *Hawthornden (2019).* Ein anderer Komplex von Texten erkundet Schauplätze im Salzburger Pinzgau (auch als *Innergebirg* bezeichnet) – einer Region, der Peer biografisch nahesteht und die er parallel zur Arbeit am Gedichtband auch als Sachbuchautor erforschte –, so begegnen uns etwa der Krimmler Wasserfall und die Schwalbenwand.

Nicht zuletzt ist der gintrinkende Dichter ein einfühlsamer Liebender. In *Die Kartoffeln aus Pfösing* zeigt er sich im Zwiespalt ob der melancholischen Verstimmungen seiner Geliebten. Während er den lähmenden

Schmerz bedauert, der seine Freundin häufig auf das Sofa drückt, erkennt er auch dessen kreative und belebende Aspekte: „Die Trauerweide senkt und hebt dich auch." Wenn die schwermütige Freundin daran erinnert wird, dass sie verspielt und fröhlich sein kann, lebt auch der Ton auf, illustriert durch einen leichtfüßigen Binnenreim: „Aber auch du selbst hast diesen anderen in dir, / der springt und lacht, Albernheiten macht." Der Mut zur Verspieltheit, zur Albernheit, taucht in vielen Texten dieses Bandes auf und wird als probates Rezept gegen die Traurigkeit über eine häufig kalt wirkende, bürokratisierte Welt präsentiert, in der sogar Tote noch ihre Papiere zeigen müssen (*Ausweispflicht*).

Ein geselliger – oder ein einsamer – Abend mit Gin führt nicht selten zu Gesprächen oder Gedanken über ernste Themen, vor allem den Tod. Auch in *Gin zu Ende, achtzehn Uhr* begegnen uns wiederholt Mementi mori sowie mit *Dein Gesicht für immer bei mir* ein balladeskes Abschiedsgedicht an den „Vorfahrende[n], / der mir einst das Ticket zusteckte". Der Nachkomme, der dem sterbenden Verwandten ins Gesicht blickt, erkennt darin nicht zuletzt sich selbst und erhält eine Ahnung davon, dass auch er eines Tages diesen Weg antreten wird.

Begleitet werden die Gedichte von Fotos, die der Autor im Laufe der Jahre auf seinen zahlreichen Reisen aufgenommen hat. Fast alle Bilder zeigen verlassene Schauplätze, aus denen Spuren des Menschlichen hervorleuchten: eine Bibliothek ohne Lesende, deren Regale doch irgendwann jemand mit Büchern bestückt haben muss; ein abgestelltes, verwahrlostes Wohnmobil; zwischen Hauswände gespannte Leinen, an denen die Wäsche zum Trocknen hängt; die Sessel eines Cafés, auf denen niemand sitzt, die aber irgendwann jemand aufgestellt hat und auf denen garantiert auch wieder jemand sitzen wird. Die Fotos sind perfekte Sinnbilder der Stimmung, die anklingt, wenn die Gin-Flasche leer ist und der Abend gerade beginnt.

Nach der Lektüre bleibt festzuhalten, dass der Titel, so treffend er auch ist, doch korrigiert werden muss: Hier ist nichts zu Ende, das Glas ist mindestens halbvoll.

Verzeichnis der Fotografien

Inhalt